'32

Vulcain

à Graveneire,

ou

le Volcan près de Royat.

par Bernard.

389   4

L

VULCAIN
A GRAVENEIRE.

Y+

Ye

38374

VULCAIN

A GRAVENEIRE,

OU

LE VOLCAN PRÈS DE ROYAT;

Par M. J^es BERNARD, Officier retiré.

Ingens vomitur ignis.

A CLERMONT,

THIBAUD-LANDRIOT, LIBRAIRE,

IMPRIMEUR DU ROI.

—

1823

AVANT-PROPOS.

Royat a inspiré les poëtes ; c'est le domaine inépuisable de la fiction : je hasarderai la mienne, au sujet de ce vallon pittoresque *. J'attribue les laves qu'on y voit aux forges de Vulcain, que je fais arriver dans son voisinage : il m'a semblé que le dieu du feu pourroit n'être pas déplacé dans un pays où les volcans ont imprimé leurs traces.

* A l'ouest et à une demi-lieue de Clermont, à une lieue et demie du Puy-de-Dôme.

VULCAIN
A GRAVENEIRE*.

—→◦⊷⊶⫸❖⫷⊷⊶◦—

J E vais rouvrir ce cratère effroyable

Qui, sur Royat, lança des flots ardens;

Et j'unirai les songes de la fable

Aux vérités des faits les plus constans.

Prête à mes vers la chaleur, l'harmonie,

Et la couleur, la force à mes tableaux:

Dieu du feu, viens enflammer mon génie......

Mais quoi! j'entends murmurer les ruisseaux.

* Montagne volcanique près du vallon de Roya*.

4

Dans ce vallon avançons en-silence,

Foulons ces prés, ces tapis enchanteurs;

Le rossignol fredonne sa cadence,

Je sens partout le doux parfum des fleurs.

   Interrogeons de cette roche antique

Les flancs brunis par la rouille des ans;

Ils sont muets : mais leur nature indique

Que sur ces bords mugissoient les volcans.

Combien de fois, sur son char de lumière,

Le blond Phébus a fourni sa carrière,

Depuis ces jours où des torrens de feux

Roulant ici leurs bouillons sulfureux,

Ont sillonné la ravine profonde

Où mon oreille entend gazouiller l'onde!

De ce vieux sol rappelant les tourmens,

Je vais fouiller les annales du monde.

   Quand Jupiter, pour punir les Titans,

Eut résolu de les réduire en poudre,

La terre alors portoit tant de méchans,

Qu'il ne savoit où prendre assez de foudre.

C'étoit trop peu des forges de Lemnos.

« Vulcain, dit-il, franchis le sein des eaux;

» Porte tes pas vers ce mont dont la tête *

» Semble braver l'effort de la tempête;

» Et qui, pareil au géant orgueilleux,

» Perce la nue et menace les cieux.

» Il est, tout près, une vaste éminence,

» Qui, dans ses flancs, d'une caverne immense

» Offre l'asile, et recèle des feux.

» Sous le marteau que l'enclume gémisse,

» Et que l'écho sourdement retentisse

» Dans ces rochers qui fatiguent le temps.

» C'est là, mon fils, qu'emprisonnant les vents

» Dans tes soufflets, pour servir ma colère,

» Tu forgeras les traits de mon tonnerre.

» Va; de ta chute oubliant la douleur **,

* Le Puy-de-Dôme.

** Vulcain fut précipité du ciel par Jupiter.

5

» Songe aujourd'hui que Minerve est ta sœur.

» Pars. » A ces mots, essuyant son visage

D'où ruisseloit une noire sueur,

Le forgeron médite son voyage,

Et se dispose à traverser les mers.

Un dieu bientôt a fait son équipage.

Il a passé les liquides déserts,

Et déjà touche à l'agreste rivage

Qu'avoient jadis baigné les flots amers,

Lorsqu'en dépit du trident de Neptune,

Ayant rompu leur barrière importune,

Ils rugissoient, errant sur l'univers.

Parmi ces monts formant un triple étage,

Où gronde Éole et séjourne l'orage,

Il en voit un qui lève un front serein,

C'est Graveneire. Il s'arrête, il l'admire;

Son bras l'entr'ouvre : il s'enferme en son sein;

Mais non pas seul. Muse, tu devois dire

Qu'il fut suivi de Cyclopes nombreux,

Gens, comme on sait, ayant moins de deux yeux.

« Ça, travaillons, amis, le temps nous presse ;

» Forgeons, dit-il, la foudre vengeresse ;

» Que le bitume, au sein de nos fourneaux,

» S'unisse au soufre et se forme en carreaux.

» C'est de Jupin la volonté suprême ;

» Du sein des airs, il m'a parlé lui-même.

» Faisons ici résonner les échos :

» Frappons, frappons. » Aussitôt la cohorte

Des forgerons que le zèle transporte,

En agitant ses bras noirs et velus,

Veut obéir à l'époux de Vénus.

Frappons, frappons, disent d'une voix forte

Tous ces géans issus du dieu des eaux *.

L'un au soufflet sans laisser de repos,

Du vent captif précipite l'haleine ;

Un autre livre au foyer des fourneaux

Le minéral qui s'enflamme sans peine.

Le mont gémit du bruit des lourds marteaux

---

* Les Cyclopes étoient fils de Neptune et d'Amphitrite.

Qui s'élevant, s'abattant en cadence,

En temps égaux bannissent le silence.

Combien de foudre est faite en un instant,

Et doit tomber sur le front du méchant,

Du fils ingrat, sur celui du parjure,

Qui, dans son cœur nourrissant l'imposture,

A du serment trahi la sainteté!

On en forgea contre la basse envie,

Crime secret, noir poison de la vie;

Contre le rapt, contre l'impiété

La calomnie et l'infidélité;

Contre l'athée, et contre l'hypocrite

Qui croit tromper l'œil de la vérité;

Contre celui qui pille et déshérite

Le foible enfant, l'innocent orphelin.

Le dernier trait fabriqué par Vulcain,

Fut réservé pour celui qui médite

De dénoncer son frère ou son prochain.

Tout est en feu dans le noir souterrain.

Vers le sommet de la roche enflammée,

En ondoyant se frayant un chemin,

Le tourbillon d'une épaisse fumée

Bientôt s'échappe, et va blanchir les cieux.

De Némosis il a frappé les yeux.

C'étoit la fée, ou plutôt la déesse,

Qui de ces lieux protégeoit les enfans.

D'une cité, prévoyant sa richesse,

Elle venoit d'asseoir les fondemens;

De Némétum * qui devoit, dans les temps,

Le disputer en grandeur à Lutèce.

Prenant en main sa verge enchanteresse,

De la montagne elle perce les flancs,

Et va trouver au fond de sa fournaise

Le dieu boiteux. « Je viens, ne vous déplaise,

» Quelques instans suspendant vos travaux,

» Vous demander les armes d'un héros

» Qui doit un jour illustrer cette terre,

» Lorsque Bellone y portera la guerre.

---

* Capitale de l'ancien royaume d'Auvergne. On croit qu'elle étoit où est Clermont.

» Trempez-les bien, vous en aurez le prix.

» Ces armes sont pour Vercingentorix.

» Or, vous savez, ainsi que moi, d'avance,

» Combien de faits, combien de grands exploits

» Signaleront ce célèbre Gaulois,

» De son pays la gloire et l'espérance. »

« C'en est assez, lui répondit Vulcain,

» Ce brave aura des armes de ma main.

» Si j'en forgeai jadis, quand Dionée*

» M'en demanda pour le vaillant Énée ;

» Si, pour complaire autrefois à Téthis,

» J'armai le bras de son valeureux fils,

» Certes, je dois déployer tout mon zèle,

» Mon art divin dans l'armure nouvelle

» Que sollicite aujourd'hui Némosis.

» De l'avenir j'en attendrai le prix. »

La nymphe part. Aussitôt sur l'enclume

Frémit l'airain qui rougit et qui fume.

* Nom que l'on donnoit à Vénus.

L'éclair jaillit sous le marteau pesant;

Le bras du dieu sans cesse en mouvement,

Donne la forme à l'ardente matière ;

Et bientôt brille un casque et sa visière.

On y voyoit ces superbes remparts,

Écueil futur du premier des Césars ,

Gergovia, ce mont où la patrie

Triompheroit un jour de l'Hespérie,

Ou qui, du moins, par les nobles efforts

Du fier soldat défenseur de ces bords,

Un peu plus tard la verroit asservie.

L'artiste habile avoit sur le cimier

Gravé le nom de ce fameux guerrier.

Il achevoit, quand soudain la montagne

Qui renfermoit la foudre et les éclairs,

S'ouvre, et vomit au loin sur la campagne

Des flots de feux qui rougissent les airs.

On eût cru voir la bouche des enfers

D'où s'élançoient le soufre et le bitume.

Laissant alors les marteaux et l'enclume,

Le dieu sourit au fruit de ses travaux,

Sort de ce gouffre, et retourne à Lemnos,

Pendant qu'ici tout s'échauffe et s'embrase.

L'antique mont chancelle sur sa base,

Et fait entendre un sourd mugissement.

Le nitre tonne en déchirant son flanc.

— Le dur granit dont la masse fermente,

Mollit, s'écarte, et se fond en grondant.

De toute part une lave bouillante

Dans la vallée en longs torrens serpente.

Tel on nous peint le rouge Phlégéton,

Ce fleuve affreux du manoir de Pluton,

Roulant la flamme et brûlant son rivage;

(Des feux du cœur trop ressemblante image,

Ou vrai tableau de ce feu dévorant

Que la licence allume trop souvent,

Quand ici-bas, dans un brillant nuage,

Du haut des cieux, la liberté descend!)

La lave alloit étendre son ravage

Jusqu'aux remparts fondés par Némosis,

Qui vers le ciel, pour sa cité naissante,

Faisoit monter la résine odorante,

Lorsque cédant à ses pleurs, à ses cris ,

Et mettant terme enfin à sa colère,

Jupiter veut que les nymphes des eaux

Aillent vider leur urne sur la terre

Où son fils vint allumer ses fourneaux,

Et qui prêta l'aliment du tonnerre.

« Partez, dit-il; allez par cent canaux

» Verser là bas le cristal de votre onde.

» Au sein des feux une grotte profonde *

» Qui, quelque jour, temple de la fraîcheur,

» Loin des discords et du fracas du monde,

» Inspirera le poëte rêveur,

» Attend vos flots; que votre doux murmure

» Succède au bruit de ces ruisseaux ardens;

» Vulcain assez tourmenta la nature:

» Rendez la vie à ces bords innocens,

* Aujourd'hui riant séjour des eaux: elles y sortent, par sept bouches , à travers le basalte.

» Et faites naître aujourd'hui la verdure

» Sur cette cendre et ces débris fumans.

» Que la napée, élevant son ombrage,

» D'un vert rideau couvre ce noir rivage ;

» Que Flore y vienne étendre son tapis ,

» Et que Pomone y sème ses rubis.

» Que tout l'Olympe aide à ce grand ouvrage,

» J'ai respiré l'encens de Némosis. »

Il dit ; déjà l'onde gronde et s'avance,

En jets d'azur du haut des monts s'élance,

Roule à travers de ces ravins rougis,

Et, frémissant au milieu du bitume ,

Le rafraîchit de sa brillante écume.

La lave cède au limpide torrent,

Qui, dans son cours, son rapide passage ,

L'ouvre, l'arrête, et la refroidissant,

Entre des rocs s'emprisonne en fuyant.

D'un bord à l'autre inclinant leur branchage ,

Les châtaigniers , balancés par le vent,

Viennent former des voûtes de feuillage,

Où les oiseaux se perchent en chantant.

La nymphe Écho répond à leur ramage;

Royal s'anime : et ce vallon sauvage,

Que sillonnoient les feux en rugissant,

Voit s'allier, par un doux assemblage,

Les eaux, les fleurs, aux restes du volcan.

LE SERIN DU POËTE,

ÉLÉGIE.

Catulle éternisa le moineau de Lesbie ;

J'essaîrai, dans mes chants, de redonner la vie

A l'aimable serin que m'a ravi la mort.

    Je n'accuserai point le sort :

    Ce seroit lui faire une injure.

    Moi seul, oui seul j'eus tout le tort ;

Le pauvret a péri faute de nourriture.

Hélas! je l'oubliai pour le démon des vers!

Il gazouille aujourd'hui sous les ombrages verts

      Du tranquille Élysée.

    Sa trame n'étoit point usée ;

    Il ne comptoit que trois printemps ;

      Et la nature

     Eût accordé dix ans

    A cette frêle créature.

Elle n'est plus: du moins qu'elle vive en peinture.

Figurez-vous des plumes de safran,

Un bec aussi fin qu'une aiguille,

Deux petits yeux de diamant,

Et des pates de cochenille;

Joignez à tous ces dons un gosier sans pareil,

Qui préludoit à mon réveil,

Et m'enchantoit par son ramage

Jusqu'à l'heure où Téthys embrasse le Soleil.

Cet oiseau trente mois charma mon ermitage.

Quand je vois maintenant le vide de sa cage,

Je suis pensif, et je me dis:

Il vivroit, si ma main eût pourvu son ménage

De quelques grains de chènevis.

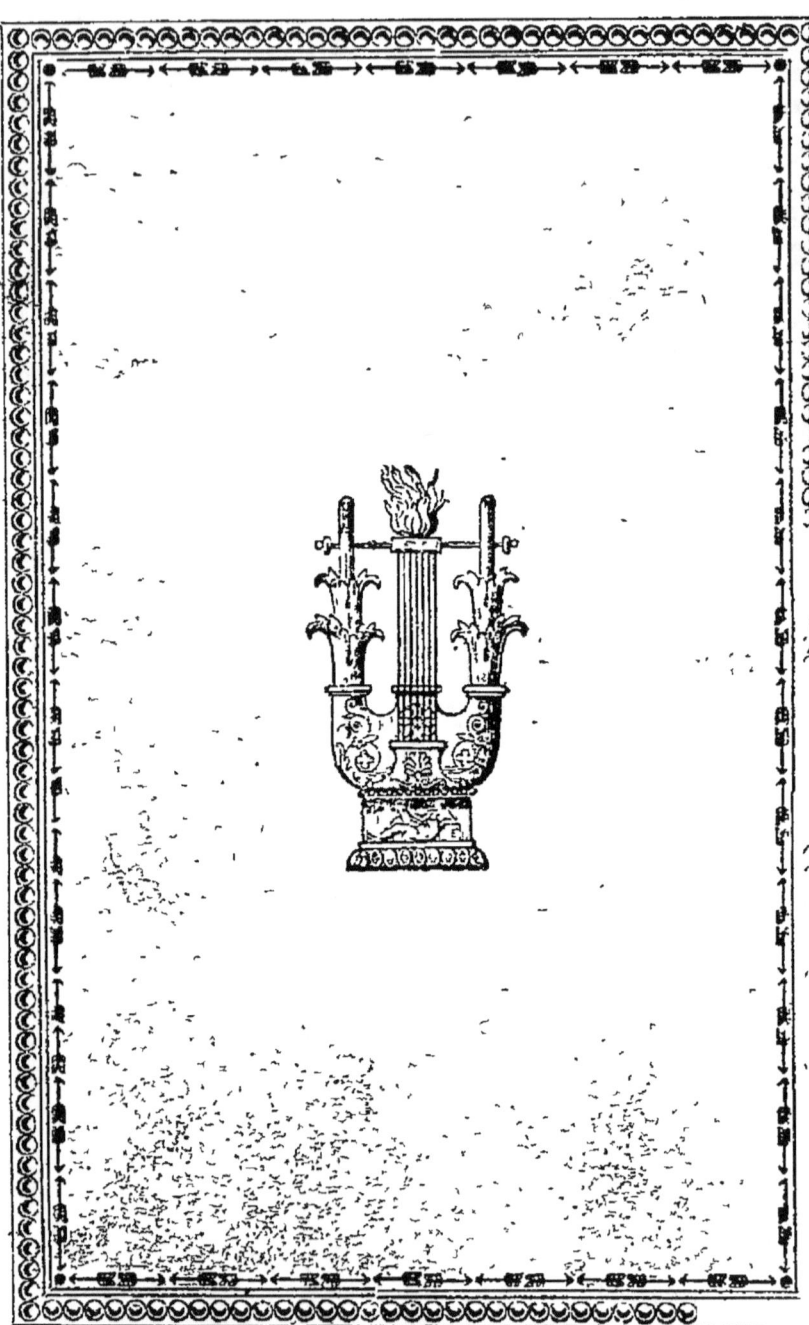